Comment sécher la plage

D1544830

ÉPIGONES

Mathieu et Mélanie sont nés
le même jour, à la même heure.
Ils sont jumeaux. Pourtant,
ils ne se ressemblent pas du tout...
mais alors, pas du tout !
Mélanie est maigre comme
un clou. Elle déteste le soleil
et les choux à la crème.
Mathieu est rond, rond comme
un ballon. Il a horreur du sport
et des cornichons.
Mais ils adorent, tous les deux,
se raconter des histoires
dans le noir, des histoires pour rire
ou pour se faire un peu peur.

En ce moment, Mathieu et Mélanie
sont en vacances au bord de la mer,
dans la maison de tante Juliette.

Ce soir, les deux enfants
n'ont pas envie de s'amuser
et Mathieu soupire :
« J'en ai assez de la plage. Quand
j'enfile mon maillot de bain,
tout le monde se moque de moi.

— Moi aussi, j'en ai assez
de la plage, ronchonne Mélanie.
J'attrape des coups de soleil et je
suis rouge comme une tomate ! »

Chaque matin, tante Juliette
les réveille à huit heures précises :
« Bonjour ! Debout les jumeaux !
Bien dormi ?
— Oh non... Pas assez.
— Il faut profiter de vos derniers
jours de vacances, dit tante Juliette.
Dans un quart d'heure,
je vous emmène à la plage.
Dépêchez-vous ! »

A la plage… encore !
Mélanie et Mathieu se retrouvent
peu après sous le grand parasol
multicolore.

Le petit garçon
compte les jours sur ses doigts :
« Trois jours, cela fait beaucoup,
beaucoup d'heures... S'il pleuvait,
nous serions sauvés.
— On essaie la danse
de la pluie ? » propose sa sœur.
Aussitôt, Mathieu et Mélanie
commencent à se trémousser,
sous le regard étonné des baigneurs.
Ils tournent autour
du totem parasol et poussent
des cris d'Indiens en furie.
Mais pas le plus petit nuage,
pas la moindre goutte de pluie.

Le soleil brille toujours plus fort
et Mélanie rougit, rougit, rougit.
Après le déjeuner, les deux enfants
s'amusent sous le platane,
quand soudain, Mélanie s'écrie :
« J'ai une idée !
— Une idée bête ou maligne ?
demande Mathieu.
— Une idée de génie ! » répond
Mélanie qui chuchote quelques
mots à l'oreille de son frère.

Que vont-ils préparer ? Mystère,
c'est un secret.

Le lendemain matin, tante Juliette
ouvre les rideaux :
« Bonjour ! Debout les jumeaux ! »
Les deux enfants ne répondent pas.

Elle se penche vers Mathieu
et sursaute :
« Oh, oh ! Tu es malade,
mon pauvre Toto !
— Moi non plus, je ne me sens pas
bien… », murmure Mélanie.

Tante Juliette se retourne.
Ça alors ! Les deux enfants sont
couverts de boutons rouges.
« Je vais appeler le docteur Siro »,
décide-t-elle.

Mais Mélanie secoue la tête :
« Pas besoin ! C'est sûrement
ma copine Céline qui nous a passé
la varicelle.
— Pour guérir, c'est facile,
explique Mathieu. Il suffit de ne
pas sortir et de ne pas se gratter. »

Tante Juliette ne sait pas quoi
faire. Elle tâte le front
des enfants : ils n'ont pas de fièvre.
Elle prend une loupe, observe
de près les étranges boutons :
« Hum !... Bizarre, bizarre... »
Et elle déclare enfin :
« Vous avez raison. Restez
à la maison. Je vais vous préparer
deux plateaux petits déjeuners.

— Sans chou à la crème, supplie
Mélanie, mais avec trois
cornichons.
— Sans cornichon, ajoute
Mathieu, mais avec trois choux
à la crème. »
Tante Juliette sourit :
si les jumeaux ont faim,
ils ne sont pas gravement malades !
Et elle quitte la chambre.

Hop ! Les deux enfants se mettent
à danser, à sauter sur les lits
et à pirouetter sur le plancher
en chantant :
« Ça a marché ! Ça a marché !

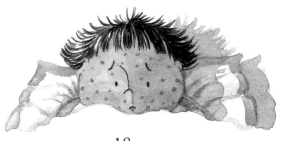

— Chut ! dit Mathieu, tante
Juliette monte l'escalier... »
Zip ! Les jumeaux se glissent
sous leurs draps. Les vrais malades
ne bougent pas ! Et ils attendent
sagement la fin de la semaine.

Les vacances sont presque
terminées. Plus de plage, plus
de maillot de bain ni de coups
de soleil.
Dans la salle de bains, Mathieu et
Mélanie tracent quelques nouveaux
boutons sur leurs visages.
Tout à coup, la porte s'ouvre.
Catastrophe ! C'est tante Juliette
qui fronce les sourcils :
« Que faites-vous ?

— On... on... on se lave, bafouille
Mathieu.

— Avec un feutre rouge? dit
tante Juliette.

— Un feutre spécial pour... pour
soigner les boutons...», murmure
Mélanie, tête basse.

Tante Juliette saisit un gant de
toilette et, en un clin d'œil, elle fait
disparaître tous les boutons.

Les jumeaux respirent à peine.
Tante Juliette va-t-elle se mettre
en colère ? Non, elle éclate de rire !
« On ne recommencera plus,
promet Mélanie.
— C'est juré, ajoute Mathieu.
— Mais… pourquoi tu ris ?
s'inquiète Mélanie.

— Mystère et feutre rouge !
répond tante Juliette. Vous croyez
que je ne sais pas faire
la différence entre un bouton
et un tout-bon... Heu !... un bouton
anti-plage ?
— Tu avais deviné ? sursaute
Mathieu.
— Bien sûr ! dit tante Juliette.
Bon, maintenant, prenez
une douche ! Vite, pendant que
je prépare vos valises ! »
Un peu honteux, les jumeaux
obéissent. Pourvu que tante
Juliette ne raconte rien à leur père
qui doit venir les chercher
cet après-midi !

A la fin de la journée, la voiture
longe la plage. Les deux enfants
agitent les mains par la fenêtre.
« Au revoir, tante Juliette !
Au revoir et merci ! »

Tante Juliette sourit. Elle n'a rien
raconté... Elle a gardé le secret
de la maladie du feutre rouge.
« A l'année prochaine, tante
Juliette, et mille fois merci ! »

La voiture s'éloigne rapidement.
Soudain, Mélanie regarde son frère
et elle demande :
« Pourquoi as-tu recommencé ?
— Recommencé quoi ?
s'étonne Mathieu.

— A dessiner des boutons,
répond Mélanie.
— Quels boutons? dit Mathieu
qui ne comprend pas. C'est toi
qui as plein de points rouges,
pas moi!»

Les deux enfants jettent un coup
d'œil dans le rétroviseur :
oh non! Leurs visages sont
couverts de vrais petits boutons.
« Oh non, gémit Mélanie. Ce n'est
pas juste... On va être obligé
de rester à la maison pour de bon.
Oh non! Non et non! »

© Éditions Épigones 1992, ISBN 2-7366-4518-9.
Dépôt légal : septembre 1992, Bibliothèque nationale.
Imprimé en France par PARTENAIRES.

ÉDITIONS ÉPIGONES
43, rue Madame
75006 PARIS